청어詩人選 323

묵호등대

김종웅
제6시집

추천사

보편적 사유로 탐색하는 서정 시법
―김종웅 제6시집『묵호등대』

김송배
(시인, 한국문인협회 자문위원)

　김종웅 시인이 제6시집『묵호등대』를 상재한다. 그는
『시인정신』봄호(2004)에 황금찬 시인의 추천으로 등단을
하기 전에 이미 소설 창작에 매진하여『문학21』에 단편소
설「사중주 오케스트라」로 소설창작에서도 그의 열정이 인
정되어 데뷔를 한 전형적인 문학인이다.

　또한 그는 시집『시, 요리하다』등 5권과 장편소설『Six
& Nine』등을 우리 문단에 내놓아 그의 문학성과 작품에
대한 높은 평가를 받은 바 있는 중견 문인이다. 그의 문학
정신과 열정으로 다시 결실을 본 제6시집이 탄생하는 쾌
거는 그가 지향하는 시의 위의(威儀)와 본령(本領)을 확고하
게 정립하면서 새로운 작품세계를 통해서 인생관이나 가
치관을 명징(明澄)하게 나타내려는 인생철학이 내재되어

있음을 알 수 있다.

한편 그는 한국문인협회 회원을 비롯하여 많은 문학단체에서 활동하면서 이육사문학상과 천상병문학상도 수상하는 등 그의 문학적인 성과와 업적은 5권의 시집에 함축된 그의 메시지가 우리 인간과 시와의 대칭적인 상관성에서 잘 정리된 그의 인품과 함께 높이 회자(膾炙)되고 있는 것이다.

김종웅 시인은 친자연적 서정시인이다. 그가 취택하는 소재나 주제의 함의(含意)는 대체로 일상적인 주변에서 어렵지 않게 탐색하고 있어서 자연의 섭리와 인간의 순리를 잘 접맥하면서 시의 상황이나 전개를 보편적인 우리들의 정서와 사유가 우리들의 공감을 유로(流露)하고 있다.

그는 시를 쓰는 것이 아니라 시를 그린다는데 화폭이 작다고 하소연하고 있다. 이는 그가 이 시집에서 심도 있게 추구하려는 것은 바로 '비움의 여백이야 / 섭리를 따르면'된다는 「서시」에서의 어조와 같이 그는 작품 「삶」에서 '점점 더 익숙해져 간다 / 세상 훔치는 요, 야릇한 맛으로'라고 하는 사회적인 고뇌와 난제(難題)들을 스스로 긍정하고 거기에 순응하는 연습을 진행하고 있는 것이다.

다시 그는 '어떤 무리수가 주어져도 다 소화시키며 / 오로지 / 자신에게 의지하는 법 세웠다(「고목」 중에서)'는 자성(自省)과 동시에 삶에 대한 철학이 명민(明敏)하게 적시되고 있다. 시는 어차피 자신의 체험에서 발상되고 그 상황설정과 전개가 시인 자신을 중심으로 한 정서가 발현

3

하는 것으로 우리 시인들은 시정신이 제시하는 인본주의 (humanism)에 시적 원류를 두는 것이다.

그는 이러한 삶의 행로에서 '노여움도 / 삭이고 삭이다 보면 / 시나브로 / 환한 미소를 머금게 되는 걸(「묵은지」 중에서)'과 같이 그의 시적 염원이 진실로 현현되고 있어서 김종웅 시인이 갈망하는 희원(希願)이 인생론을 넘어서 철학의 경지까지 도달하려는 그의 의지가 나타나고 있다.

이러한 시적 상황에서 그는 '네게도 내게도 / 숨어있어 / 찾는 사람이 주인이다(「행복」 중에서)'라는 어조와 같이 그는 존재의 의미를 치열한 삶의 경쟁에서도 자아의 인식에서부터 만유(萬有)의 자연 사물과의 정감(情感)으로 인생을 창조하려는 그의 내면에 깊숙이 잠재한 시혼(詩魂)을 이해하게 된다.

김종웅 제6시집 『묵호등대』 발간을 축하하면서 모든 독자들께 공감을 확대하기 위해서 탐독(耽讀)을 권하면서 감히 추천하는 것이다.

서시

그대는
시를 쓰는가

나는
시를 그린다네

화폭이 작은 거야
내 마음밭 탓이지만

비움의 여백이야
섭리를 따르면 되는 게지

묵호등대

2   추천사_김송배(시인, 한국문인협회 자문위원)

5   서시

1부   젖은 채로 마르고 싶은 날

12   물억새

13   대립(對立)

14   감

15   동백

16   바람의 언덕에서 보다

17   가을비와 나그네

18   새싹보리를 먹다

20   묵은지

21   길 밖의 길

22   젖은 채로 마르고 싶은 날

23   영국사(寧國寺) 은행나무

24   바람 소리 맑으면 풍경도 곱게 운다

26   파사산성에서

28   행복

29 묵호등대

30 7번 국도

32 남이섬

33 삶

34 탓, 그 비상의 카드

35 무

36 욕망을 타다

37 꽃

38 가을 단풍

39 비빔밥

40 가을비

2부 그대 이름에 젖는 날

42 초승달

43 횡단보도

44 외길

45 목련

46 그대 이름에 젖는 날

47 산죽

48 해국에게

49 파도

50   환선굴에서

51   마음

52   대둔산에서 첫눈 만나다

53   궁금하다

54   망양정에서 눈을 감다

55   사랑의 깊이를 재다

56   절벽

58   가을에게

60   해국의 사랑을 훔치다

62   결국, 호흡이다

63   망상해변에서

64   길 위의 마돈나

65   해국

66   배추

67   산수유

3부 바람의 노래

70   장미와 크리스마스

71   1월

72   숙명

74   닻

75   노을

76   이웃

77   연탄

78   논골마을

80   숲

81   등

82   벽

84   선술집에서

86   손맛의 이력

88   와불

90   오늘도 오발탄을 장전한다

92   고목

93   별에게

94   조팝나무꽃

95   제비꽃

96   봄볕에, 우리

4부 타인의 이름

98   가마와 장작

99   변증법

100   자작나무

101 라면

102 길, 아닌 길

104 계획을 지우다

105 행복

106 파지와 할머니

107 눈물

108 생긴 대로

109 사랑하니까

110 타인의 이름

111 그림자

112 바람의 집

113 함박눈

114 플라타너스와 신호등

115 기억의 단면도

116 길

117 자물통

118 연

119 펄

120 소나기

121 삼강주막에서

122 회룡포에서

123 영지꽃

124 흰젖제비꽃

125 보리의 꿈

126 큰개불알풀꽃

127 염원

1부

젖은 채로 마르고 싶은 날

물억새

더 이상 강해질 수 없을 때
비로소
부드러워진다

떠나는 것들을 위하여, 안녕!
밋밋하지 않은 삶이 어디 있으랴
강변의 하루하루가 소란을 떨던 때도
결코, 단정함을 잃지 않으려 했다
강해져야만
지킬 수 있는 자신의 무게를 지탱하기 위하여
무섭게 두드려대는 폭풍의 망치질에
조심스레 벼리며 폭우 속에서 담금질했다

모든 것은 부드러워지고
이제는 떠나야 할 때
태양도 게슴츠레 제 눈을 감는데
우리는 하얗게 떠날 때 '안녕'이라 한다

대립(對立)

세상의 모든 권력은

대립(對立)
이 비밀한 칼날로
존재하는데

어찌해야만 할까
우리는
그대를 잃어버려
오늘
이렇게 위태롭게 살고 있으니

살아서 세워보지 못한 저것
융, 건릉이
죽어서 다정하다

감

미리부터 잡았다

그대는
관을 쓰고 태어났으니
귀족임에 틀림없으나
세상 모든 번민의 맛을
몸소 터득하고 수행하였으니
그 과정이야 오죽했으랴
작정하고 그대에게 물들면
그 얼마나 진하든지
찰랑찰랑 어떤 물빛으로 씻어내도
결코 그대를 벗어나고 싶지 않으니
그대를 에워싸던
저 잎새들

마지막 욕망을 내려놓아
무서리 하얀 각혈하는
그때 가면
그대
달달해져서 오리라는 것을

동백

손에 장을 지지겠다던
그 장담은

결코, 주눅 들지 말라던
서릿발의 말씀으로
동지섣달 야심 찬 바람도 이겨냈거늘
끝내 엉킨 사연 하나
풀지 못해
이 봄에 목 놓아 운다

핏빛 낙하
그 이름으로

바람의 언덕에서 보다

맞서보지 않고
어찌 세상의 풍파를 알랴
저 윙윙거리는 소리
고통을 삭여서 만들어내는 희망이다

점점 깊어지는 것들은 더는 앓지 않는다
그저 묵묵히 받아낼 뿐
결코, 저항하지 않는다

더러는 꽃도 피우고
또 더러는 서러워 울기도 하고
그러다 문득 각혈까지 하지만
허허벌판에 서 보면 안다

모든 것을 품어 안고 온 것은
다
저 바람이었다는 것을

가을비와 나그네

붉은 심장을
가을비는 후둑이는데
어디로 가야 하나
아직 갈 길 정하지 못한 저 단풍
길 위에 매달려 제 몸을 떨고 있다

한 폭
두 폭
그리며 지샌 밤
절규를 풀어헤친 색채 짙은 호소 앞에
어찌하여
그대는 이토록 애절하여 오는가
무릇하여 내세울 것 하나 없는 부끄러움에
그러잖아도 덜덜덜 떨고 있는데

적시면 적실수록 무거워져
애간장 다 녹아내리는데
어쩌자고 그대는 마냥 적시려고만 드는가

새싹보리를 먹다

내가 손을 내밀었을 때
잡아주는
그대가 진정 사랑이다

따스한 물 한 잔에 넣어 젓는
저 손짓
어두워진 강물 위를 조심조심 걷는다
죽어서
또 다른 생명이 되는
저 푸른 눈빛에서 바람의 소리가 들린다
강물은
어둠이 깊어질수록 작은 아픔의 소리에
귀를 더 기울이는데
물음은
언제나 저 먼저 싹을 틔운다
그래, 어쩜 그렇게 불쑥 내미는 것일지도
생명과 생명이
서로의 손을 마주 잡게
답은 그 따스함 속에 있는지도 몰라

그렇게 늘 배워 왔어
천지 만물을 사랑하라
사랑이 녹아들면
모든 것이 다 생명의 싹을 틔우리라
나도 언젠가는
죽어서 너에게 생명이 될까
너의
그 따스함을 아침마다 배워 본다

묵은지

노여움도
삭이고 삭이다 보면
시나브로 환한 미소를 머금게 되던 걸
스스로를 다스려
다독다독 빛이 바래기를 기다리면
세상 모든 아픔은 곰고 곰아
스르르 녹아내리고
새살의 물결로 벅차서 차오르던 걸
수양의 경지에 도달하고픈
저 몸짓
헤설퍼서 복장이 터져도

희망이 있는 한 결코,
막연한 기다림이 아니더라고

저 묵은지
제 독을 박차 나오며 헤죽거려 웃는다

길 밖의 길

청계천에서 만난 수양버들
겨우내
참 깊은 수양 했나 보다

참빗으로 빗었나?
차르르
윤기 나는 머릿결에는
고고한 물결이 일고
산뜻한 성품의 한 획을
휘갈기는 저 불립문자
세상일 제대로 안 풀릴 땐
그냥 바람에 맡겨라

봄빛 따라
물빛도 맑은 청계천에
건듯
봄바람 한 자락 불어온다

젖은 채로 마르고 싶은 날

가로로 놓인 네 마음에
내 마음 세로로 얹어 본다

어스런 저녁이 붙든
반쯤 기운 햇살 아래
달빛은 싱거운지 제 몸을 절이는데, 어련하랴?

여기 등기산* 가을 흥겨운 날에
종소리도 눌러앉아 하얀 그리움을 쓰고 있다

우리가 기다리던 하루는
이렇듯 벌겋게 녹슬어 가도
그대는 누리라 한다

바다에 안긴 저 파도처럼
꿈을 부수어 바로 앉히라 한다

*등기산: 후포에 있는 등대공원

영국사(寧國寺) 은행나무

이름 하여 '안녕'이라 한다
쫓기다 보니 그랬을까
더 깊이 숨어들어 '안녕'이라 한다
길이래야
겨우 차 한 대 오르기에도 꽉 찬
이 길 좁게 들어서는
그 많은 눈빛에도
해롱해롱
천삼백 년을 살아온
은행잎이 '안녕'하며 진다
저 은행나무
장엄했던 역사를 그리는 것일까
빛 좋은 개살구보다
더 노랗게 절어서
고려 말 풍경처럼
넋 나간 듯 찬바람을 맞고 있다

바람 소리 맑으면 풍경도 곱게 운다

바람이 불 땐
숲에 선
나도 한 그루 나무다

모두가 일어나는 아침
나는
한 개비 마른 장작처럼 바싹 닳아 있다

별반 다를 게 없을 것 같은
오늘이
그래도 불끈 솟고
꿈처럼 조용하던 희망이
저 습(濕)한 이불을 걷어차니
나도
찾아가는 여정의 봇짐은 꾸리리라
혹여 그대
누구나가 나그네지만
정작 챙겨야 할
차표 한 장을 놓치고 있지는 않은지

갈 길은
멀지도 결코, 가깝지도 않으니
가고 싶은 열정
눈이 반쯤만이라도 뜨이면 서슴지 말고 태워
바람 따라
세월 따라
내가 가고 싶어 가는 것이어야만 하리

바람 소리 잦아들면
숲은
나무의 존재를 잊어버리니

파사산성에서

지켜내기란 참으로 어려운 일이다
보라, 저 파사성
세월의 도적들에 군데군데 빼앗겨
남은 곳간 지켜내느라
얼마나 힘들었으면
제 이빨을 앙다물고 있지 않는가

민주여, 부국이여,
오늘에도
끊기지 않는
도적들은 들끓어
우리는
위협 앞에 다리를 절고 있다

지켜야 하는데
이렇듯 분명하게
두 눈을 부릅뜨고
물결의 흐름을 읽어내어
그르고 간사한 것들에게

빼앗기지 않도록
그 길을 깨뜨려버려야 하는데

저 남한강
따가운 태양의 시선 아래
제 얼굴 들지 못해
숨은 듯
숨은 듯 숨만 고르고 있어

행복

가지고 있어도 모르면 버린다

썩은 감자로도
맛있는 떡을 만들 수 있는 것을

묵호등대

우리 맑은 날은 빛으로 오자
물빛과 어울려
삼삼오오 놀다가 섬이나 되자

우리 흐린 날은 바람으로 오자
저어기 구름과
낯선 듯이 놀다가 섬이나 되자

가고
오지 않는 사람들
섬으로
출렁거려 무척이나 그리운데
이제는
저 등대
눈물도 말라
눈만 끔뻑거릴 뿐
더는 소리 내어 울지도 않는다

7번 국도

여기서 한눈 파는 건
정녕
속세를 떠나려는 것이다

바람잡이는 어디 있는가?
길놀이 한판 벌여보자
심드렁하던 바람이 질투해서
시큰둥해질 때까지
그럴수록 더 신바람 나게
가진 건
오로지 이 잊고 살아도 좋을 흥(興)뿐이니
어떤 이유가
이 마당에 훼방의 발을 들여놓을 수 있겠는가
차르르 촬촬
자지러지게 웃어 재치는 저 농담
우리가
언제 적에 주고받았던 대화인가
더 가면
더 갈수록 긴장은 조여 오고

덩달아 고깔모자를 쓴 흰 구름 군단도
공중돌기로 끼어든다
단단히 붙들어라
열두 발 상모보다 더 높이 날아올라
그대 애간장 떨어질라
감칠맛 나게 늘어놓는
파란만장한
저 파도의 너스레는
어긋나면 어긋날수록 더 잘 들어맞는
여기 이 길놀이만의 장단이다

어디까지 갈 것인가
굳이 정하지 말자
칠흑의 밤이 와야
비로소
너와 나는 하나가 될 터이니

남이섬

바람같이 왔다
바람같이 가라

우리는 오늘 흐렸는데
저 나무들 내일을 쓸고 있다

맑디맑아 제 숨을 고르는 날에
사랑으로 오는 사람아
그대가 오는 날은
나무들도
신이 나서 저렇게 손을 흔들지 않느냐

우두커니 그대 선 자리
햇볕도 비켜서지 못하고
제 발을 동동 기억의 뿌리까지 흔들어도
아프면 아픈 대로
슬프면 슬픈 대로
남겨진 그대가 희망이다
사랑으로 온 그대,
사랑으로 익어서 가라

삶

점점 더 익숙해져 간다
세상을 훔치는 요, 야릇한 맛으로

탓, 그 비상의 카드

　종종 있어 온 일이지만 바짓가랑이를 걷고 뛰어들기란 참으로 난감했다 허우적대면 허우적댈수록 깊이 빠져드는 뻘의 습성을 아는 까닭에 세상이 뻘이 된 지 얼마나 됐을까

　잡고도 놓지 못하는 저 손의 깊이에서 파도 소리는 이명(耳鳴)처럼 들려왔다 깊이를 재기 위해선 키를 세워야만 했다

　내가 이 만큼 클 때까지 세상은 밤마다 아렸고 대나무는 자신의 마디를 헤아렸다 이어 오는 바람의 한숨 소리에 두려움보다 호기심은 앞서 나갔는데 어정쩡 발길이 얼어붙어 빼지도 박지도 못할 처지일 때 더러는 셈법대로 맞지 않는다고 꽃들은 늦은 가을에도 또 피어올랐다

　그대의 힘을 빌리면 낙엽의 발은 따뜻해져서 딛는 족족 붉은 자국을 남겼고 위대함 뒤에서 비상 카드로 받쳐주는 그대는 소멸시효가 없는 최고의 바람막이라

　어떤 질책도 달게 받아주었다 가장 가까울 땐 아군이었다가 가장 멀리하고 싶을 땐 어김없이 적군이 바로 그대

　오늘도 잔고 부족인 그대를 내밀며 결재되지 않는다고 그대 탓으로 돌린다

무

산다는 건
우뚝 솟아 우쭐댈 일도
숨어들어 부끄러워할 일도 아니다
모름지기
몸과 마음이 풍부해질 때까지
성장의 일기를 알차게 써 가는 것이다
누구에게든
자신의 속내를 다 드러내지는 마라
알고도 모를 일이 세상사이니
감춰서 아름다울
하얀 이야기 몇 편 정도는
꼭꼭 숨겨 두어야 한다
언제건 뿌리째 뽑힐 그때가 올지라도
그저 있는 듯 없는 듯
묵묵히 수행의 길 마다않고
깊숙이 자신을 세워나갈 일이다
세상 속에 뿌리를 내린 지 얼마만이던가
튼실하게 받치고 있는
저 장딴지는

욕망을 타다

삼악산 케이블카를 타겠다고
나무처럼
늘어서서 서로의 어깨를 견주는데

물은
수평을 유지하려 제 몸을 낮추고
놓을 수 없는 저 욕망
허공을 단단하게 붙들고 있다

고운 단풍은 되리
여념이 빚어낸 저 외로운 행각
길길이 들뜨다
이제야
깨우친 듯 제 얼굴 붉히는데

높이 보면 낮은 곳
낮게 보면 높은 곳
서로가
줄 하나로 팽팽하다

꽃

너만큼 아름다운 삶
잘 가꾸면 내게도 오지 않을까

가을 단풍

불타기 시작하면
사랑은
알고 싶은 게 오히려 얕아진다
그래도
그대
굳이 깊이를 재고 싶다면
장작을 더 넣고 활활 지펴보라
얼마 지나지 않아
맞을
흰 눈 오기 전에
벌겋게 타고 사그라질 잉걸불
차라리 그 속에 뛰어들어라
그나마
내 두 눈 속에
이렇게
아름다운 그대를 담아
비로소
설움의 의미를 그릴 수 있을
바로 이때

비빔밥

좋아하고 말고가 어딨어
이리 비비고
저리 비비다 보면
얽히고설키면서
어떤 놈이
어떤 놈인지 모르겠는 걸
어떤 놈은
저 잘났다고 힘자랑하다
휘갈기는 옆의 놈한테 뺨 한 대 얻어맞고
그냥 나가떨어져 자지러지고
어떤 놈은
저 못났다고 풀이 죽어 웅크려 있다가도
곁에서 일으켜 세워주는
든든한 배려에
보란 듯이 팔팔하게 저렇게 누비는걸
어렵다 마라
어차피 한 통 속
이런 맛에
또 살만한 것 아니겠는가

가을비

청춘은 시들기 마련이라고
강 건너 목화밭
거침없이 하얗게 응석을 부리는데
언제 적에 온다던
기러기 떼 강물을 거슬러 오른다
어제는 쉬엄쉬엄
오늘은 빨리빨리
오고 가는 것
한 묶음에 묶어도
꿍꿍이속까지야 어찌할 수 없잖은가
내버려 두자
체하면 사나흘 정도야 가겠지
인기척에도
열리지 않는 문이라면
굳이 들키고 싶지 않은 속마음이잖은가
온다 그대
오고야 만다
이름처럼 후줄근히 절어서
절어서 또 그렇게

2부

그대 이름에 젖는 날

초승달

내가 보이지 않나요?
그럼
마음의 문을 열고
눈을 좀 더 크게 떠봐요
멀리서도
속속들이 보일 테니
사랑은
관심이랍니다
어떻게 가득 채울 수 있겠어요
다만
보고자 하면
둥근 그대 눈 속에
내가
고스란히 담길 수는 있지 않겠어요

사랑도
자꾸 해봐야 둥글어진다니까요

횡단보도

아득한 건
지상의 가장 가까운 곳에 있다

빨간 불의 경고
유발하는 쪽은 안심선 밖에 있지만
체증으로 더부룩하다
세상은
언제나 위태위태하게 놓여 있어
돌아서 가는 것은
스스로가 결정짓지 못할 신호등
농익은 농담도
이 시간만큼은 절제하는 것이 좋다
사알짝 곁눈질하면
서로의 표정은 굳어서 붉다
건넌다는 건
또 다른 세상으로의 항해
점철된
저 피아노 건반이 경쾌한 리듬을 탈 때
가야 할 것들은 가야 한다
푸른 신호다

외길

조금만 비뚤거리면
바로 잡아라, 바로 잡아라
당신은 훈계였습니다

곁눈질하지 말고
한사코 앞만 보고 가라
당신은 응원이었습니다

맞닿는 데 가서는
주저 말고 웃으라
당신은 승리였습니다

외로우신 당신은
나를 위로해주는
크나큰 사랑이었습니다

목련

이렇게
쉬이 사그라질 걸

한 겨우내
봉곳이 애태우며
가슴앓이 했네요

그냥
사알짝 웃기만 하면 되는 것을
한바탕
호탕하게 웃어 재치면 풀어지는 것을

괜스레 조바심 내며
아등바등
언 발로 동동 굴렀네요

그대 이름에 젖는 날

눈시울 붉도록 애써 찾아도
그대만큼 애틋한 꽃은 없다

여기서 번뜩
저기서 번뜩
스스로 꽃이 되고자 하는 그대
걸어서
뛰어서
달려서
스스로를 저리도 가꾸어

여기에 가서도 환하게
저기에 가서도 환하게
어디에 가서든 함박꽃을 피우는

산죽
−축산 죽도에서

바람아
함부로 휘두르지 마라

저 산죽
저렇게 여려 보여도
뿌리를 얽고 섞어
서로는
서로에게 울이 되어
수천 년을 살아내고 있다

해국에게

순수란
드러내지 않는 속마음이다

짜디짠 눈물을 맛보지 않고
어찌 사랑을 이야기하겠는가?
숱한 꿈속에서도 채우지 못한
사랑의 절규
바위벽 틈 속을 파고든
저 사연이
세월에 절여 꽃을 피운다
아프면 아프다 하라
사랑이
어찌 기다림만으로
그림을 완성할 수 있겠는가?
너와 나 사이
이토록 멀었든가?

먼 바다가 운다
아무리 몸부림쳐도 다가설 수 없음에
목 놓아 운다

파도

조용하고 얌전한 것도 좋지만
앙칼지더라도
열정적이고 적극적인 그대가 좋다

내 마음 들뜨게 하여
그렇게도 좋으냐
그대는
환장해서 춤을 춘다

그래, 그러려므나
내
기꺼이
그대에게, 물씬 젖어 주리니

환선굴에서

무엇을 더 채울 것인가
비울 수 없는 이 공허

욕심 없는 사람 어딨는가
내 것이 아니기에
눈 밖에 두는 것을
참다운 것은 울림만으로도
충만하여
저렇게 철철 넘쳐흐르는데
비단 물결 곱다 한들
휘어지며 길을 내는
저 야심 찬 물빛에 대겠는가

그 어떤 계산도 하지 마라
어림짐작도
여기선 노름에 불과할 것을

무엇을 보고
무엇을 들었는지
밖에선 어둔 비가 내린다

마음

간발의 차로
전철을 놓치고 기다리는 시간
길다

내가
너에게 가는 길

언제나
종종걸음이다

대둔산에서 첫눈 만나다

입동이 지났으니 돌아올 만도 하지
결국
이렇게 소박하게 올 것을
차일피일 미루더니
그리운 이름 부르랴
온 산 가득 눈을 부릅뜨고 찾아서 온다
출렁출렁
불면의 날들
제 자장가로 저토록 흔들게 하고서
온다는 기별이라도 했으면
한 포대기
내 마음 싸서 갔으련만
저 탄탄한 가슴에 벅차게 안기고파
부리나케 달려간 터라
덜덜덜
떨리는 내 빈 가슴만
다리 난간에 걸어놓고 왔다

궁금하다

궁금하다
이 기막힌 맛이 궁금하다
삼팔횟집에 앉아 물회를 먹는데
삼팔선은 그어져
지워야 할지
말아야 할지
그 무서운 비밀보다
이 집 물회의 비밀이 더 궁금하다
기사문 바닷가도 아닌
한쪽 어귀에 들어앉은 그 배짱이 궁금하고
한 번 와 본 사람은
또다시 찾아오고야 마는
그 눈썰미가 궁금하다
삼팔선 저 너머에선
오늘도 미사일을 쓩쓩 쏘아대는데
안보보다
이 맛에 길들여지는 내가
정말로 궁금하다

망양정에서 눈을 감다

그대
바람보다 가벼워서 어설픈 이야기들
다 지우고 맑아서 온다
마음 급한 일일랑
잠시 눈 밖에 두자
비린 눈물 정도는 애교라
펑펑, 쏟아 허기져도
무심한 말
무심코 던지지는 말자
감탄사도 여기에선 사치에 불과할 것을

그대
바람의 빛을 본 적 있는가
아스라이 묵은 빛을 들춰
저물도록 휘휘 저어
한 획 한 획 그림을 그려 가면
가벼워 가벼워서 내 눈을 훔치는

사랑의 깊이를 재다

사랑의 깊이를
함부로 재려고 하지 마라
깊이를 잰다는 게
얼마나 어리석은 짓인지
정동진 하늘다리 계단에 올라
발아래를 내려다보고
벌벌벌 떨리는 다리로
쾅쾅쾅, 서너 번만 두드려보라
사랑이 믿다면
절대로 절대로 내려다보지 말고
올려다만 보아라
그곳엔 그대의 천사가 꽃인 듯
방긋방긋 웃고 있을 터이니

사랑을 자신하는 그대라면
서로의 손을 잡고 높이 더 높이 올라 보라
사랑의 깊이가
얼마나 아득한지 들여다볼 수 있을 터이니

절벽

하늘과 이미 맞닿아
포용의 법칙을 알고 있는
그대는
더는 넘어질 곳이 없을 때

항상
거기에 우뚝
존엄의 경계를 지켜
까탈스러운 식성만큼

쉬운 접근을 거부했지만

단, 한 번의 만남에
매달릴 수 있게 해준 그대였기에
종교처럼
든든한 동아줄은 되었다

가고도 남음이여
길은 외쳐도
늘
그대는 동반자가 아니든가

일어서라

덧없는 세상이
그대를 엄습해 와도
저 든든한 벽을
무엇으로도 무너뜨릴 수 없음이니
또 다른 세상으로 들어가는
저 두터운 문을
그대는 힘껏 밀어라

가을에게

그저
숨 쉬는 것만으로도
먹먹한 날이 있었다

까다로운 바람의 고삐를 쥐고
오리무중의 향방을
비로소
길들이는 마부가 되어
뚜렷한 길로 안내하는
유랑의 길잡이를 자처했다

이른바
세상은 제 몫의 가치만을 챙기려는
고비의 언덕에서
주춤주춤
멍들기 시작하고

나는
이제 늦은 여름인데
너는
벌써 슬픈 계절이여

노여움도 잠시는 그늘이 될 터이니
비롯된 과거를
너의 햇살에 말려
고슬고슬
못 본 듯이 피어내면 얼마나 좋으련

해국의 사랑을 훔치다

바람 홀가분한 날은
그대랑
사랑을 나누러 가야겠다

은밀히 나눌
몇 마디의 술어(述語)* 정도는
심장 깊숙이 감추고
하얗게 밀어오는 주어와
옥신각신
논쟁을 벌여 봐야겠다

내
마지막 술어가 닳아 없어질 때까지
나는
그대의 사랑에 매달려보리라

그도 저도 안 되면
바람 잔잔한 날
해맑은 그대 미소에
내
가장 비밀한 술어(術語)**를 달아서라도
그대의
사랑을 떳떳하게 훔쳐서 와야겠다

  *술어(述語): 서술어
**술어(術語): 학술어

결국, 호흡이다

비의 바닥은 하늘이다
꿈을 깎아가며
그럭저럭 여기까지 왔는데
숨이 가쁘다고
젖은 날개를 펴는 날이 많아지지만
비에 젖은 우리는
얼마나 높이 솟아있는가?
계획처럼 어수선한 것도 없다
삶은 설계에서 얼마나 자주 빗나가든가
계절에 비추면
꽃은 저마다 생색내기에 바쁘든 걸

따로따로 하는 호흡보다
서로서로 하는 호흡이 좋아
모든 만남이
꿈속처럼 포근해지고
헤매야 할 길의 동반자가 되면
젖은 길도
제 호흡에 스르르 마르지 않겠는가?

망상해변에서

슬쩍 떠본다
저 바람
내가 날 수 있는가

아니라고
한사코 손사래 쳐도
여기서는
모든 것이 바람이 된단다

저 백사장
달리 모래가 되었겠는가

꿈은
이루는 것이 아니라
부수는 것이라고
하얀 미소를 일으키는
저 파도처럼
내 꿈에도 날개를 달아보는
햇살 푸른 날이다

길 위의 마돈나

꽃은
기다림으로
제 아름다움을 피어 올린다

어떤 길도
처음부터
길나진 않았으니

길 위에서
머뭇거리고 있다면
그대 마돈나야

염탐만 하지 말고
곧바로
가라

우리는
내일인 듯 살면서
오늘에 죽고 있나니

해국

그대는
무슨 연유로
내 마음 이토록 애절하게 만드는가요
아슬아슬
내 눈에 못을 박아
도저히 떼래야 뗄 수가 없으니
사랑할 수밖에요

삐끗하면 떨어질
사는 곳 깎아지른 절벽이면 어떤가요
그대
고고한 자태와 향기로
양보의 무릎을 꿇게 하여
결국 삶의 터전을 얻어내고야 마니

내가
어찌 사랑하지 않으래야 않을 수 있겠어요
사랑합니다
그대의
마지막 그 절규까지도

배추

진정한 변신은
충분하게
호감을 불러일으킬 수 있는 선택이어야 한다

마른 한 철을 살아내기 위해
가뭄 비에 목을 축이며
오로지 오므리고 오므리며
속내를 탄탄하게 키워 낸다
저 배추 얼렁뚱땅으로는
제대로 해낼 수 있는 일이
별로 없다는 것을 알기에
꼿꼿한 자세로 선비처럼
당당하게 제 몸을 헌신하고 싶은 것이다
관우와 장비와 황충처럼
목이 댕강 잘리고도 길이 남는
절개를 지킨 이름으로

오늘은
최고의 변신을 위해
울긋불긋 옷을 입고 화장한다

산수유

얼마나 수양이 잘 되었든지
잎 다 떨궈내자
셀 수도 없는 사리가 우루루 쏟아진다
영롱하다 못해
붉어서 그 이름만으로도 침이 고이는
하나하나 꼭꼭 깨물어 씨앗을 빼내면
온통 별천지는 열려
그래. 그렇게 살았으니
그 어떤 곡절 없으려고
그대 태어나며 이미 왕관을 쓰고
온갖 호사를 다 누려
세상 풍파에 당당하게 맞서는 힘을 길렀나
미련스럽게도 묵묵히 살아낼 수 있었으니
하나같이 영근 이름을 달고 있는 것이리라
산다는 건
이렇게
명정(銘旌) 하나 얻고 가는 것
애처로운지
솜이불이 포근하게 그대를 덮는다

3부

바람의 노래

장미와 크리스마스

명동성당 앞 하얀 장미
찬바람 눈송이 소복이 불러와도
다닥다닥 이웃하여
불꽃을 피운다

누구나
어두울 땐 등불에 매달린다

금방 기도가 먹어치웠을까?
아까는 손을 모아
잔뜩 젖어 빌고 있던
한 사람의 얼굴이 환하다

"Merry Christmas"
2천 년을 한결같이
제빛을 발하는
모두에게 등불이 되고 싶은
저 문구

1월

바로 세우는 달이다

비스듬히 기운
사랑
우정
생각
믿음
계획
그 모든 것
다시 꼿꼿이 세우는

숙명
−삼길포 선상횟집에서

저 고기들
나눔을 위해
제 살을 발라 회를 뜨고 있다

맵시에 걸맞은
아름답고 고운 고통은 없을까?
무슨 죄를 지었길래
갑판 밑 감옥에
그 날렵하던 몸 갇혔는가?

단두대에 목을 내미는
잃어버린 자유를 찾아
그대는
독립운동이라도 했는가?
발악 한두 번만에 선뜻
목숨까지 내놓는다

고통은 끝났는가?
비린 언어를 받아쓰던
거친 손길이
주섬주섬
플라스틱 용기에 살점을 거둔다

고기들은
버릴 게 하나도 없어요

영면을 위한 최소한의 배려일까
머리며 뼈까지
검은 비닐봉지에 담아준다

닻

저 배
흔들리던 기억까지
묶어놓고 싶은 것이다

어딘들 떠내려가지 않으리
조류와 파도는 저리도 세차게 떠밀어
까딱하면 낙오하기 십상인데
바다는
부력으로 띄워주고
배는
흔들림으로 나아가지만
마음이 무거우면
항해의 등대를 쉬이 찾지 못한다
별이 반짝이는 날은
하늘을 보고
바람이 부는 날은
불어오는 방향을 보아야 한다
오늘을 묶지 않고
그대
내일을 기대하려 마라

노을

한나절을
꼬박 걸려 도달한 경계에서
너는
가장 밝게 웃고 있지만

끝은
또 다른 시작이기에
두렵기도 하고
가슴 벅차기도 하여

우리가
도달할 그 곳에서
누구나가
다 활짝 웃는 건 아니다

붉은 이마에 깊이 패인 주름은
파르르 제 살을 떨며
아직 활짝 웃지 못하는 사연을
저 파도에 묻고 있는 것이다

이웃

계절과 계절이 마주 앉았다

맞잡은 손이
아직은 서로의 온도 차로 파르르 떨고
혼미한 새싹들
아롱아롱 정신을 잡느라
서로
이 눈치 저 눈치로 아지랑이를 피워 올리는데

한 이웃이 되기까지
우리는
가까이
가까이
더 가까이서
서로를 느껴야만 하는가 보다

서로를 건너뛰고는
이웃이 될 수 없다는 걸 알았는지
계절과 계절이

드디어 스르르 품어 안는다

연탄

열아홉 식구가
옹기종기 둘러앉아 머리를 맞댄다

단 한 번도 불만을 토로하거나 탓해 본 적 없이
아픔이 아픔인 줄 모르고
그저 묵묵히 제 살을 태워
빈곤을 끌어안으며
서로의 소중함을 알아가는 저 가족

숨 가쁘게 태우던 하루가

꾸들꾸들해질 때쯤이면
얼마나 용을 썼던지
맞잡은 손이 하얗게 식어
서로는 서로를 더 의지하는
저 몸짓
한 가족이 한 지붕 아래서
아무런 소란 없이 살아갈 수 있는
최소한의 기초가 되는 저 희망

논골마을

삶이 버거울 때마다
온 중심을 바다에 누이고
울렁거리던 시간의 태엽을 풀어
휘청휘청
맥 빠진 그림자만 데리고 돌아오면
바다는
터벅거리는 갈지 자 걸음을 밀어주었다
힘겹게 당겨주는
파아란 불빛의 묵호등대는
그나마 삼켜버린 울음의 마지막 종착역
묵묵히 기다림으로 서 있고
사립문도 없는
마당의 냉기를 온몸으로 맞으면
분주하게 일어나는 눈빛들
눈빛들
기껏 할 수 있는 일로
턱 밑에 고인
한숨 한 번 토해 내면
우루루 달려와 안기는 작은 별 너댓

그믐달 눈썹을 치올리면
풀어진 태엽을 감아야 하는
아, 환장하게도 싫은 바다내음이
아내의 젖내음 보다
풋풋하게 젖어서 안기는데
그물망에 걸린 별들이 숭숭 빠져나가며
휘파람 분다
세상의 풍파가 옹기종기 모여서 사는 곳
한 장의 연탄마저 무거운 짐이 되는 곳
밤새도록 바람도 잠들지 못하는 곳
그러나
아침을 제일 먼저 깨우는
참으로
부지런해야만 하는 곳

숲

외로운가
스스로 혼자이면 외로움이다

꽃이 아름다운 건
보아주는 그대가 있어서다
하나, 둘
나락이 모여들어
황금들녘을 이루듯이

한 박자 한 박자가 모여
노래가 되었으니
그대
이제 노래를 불러도 좋다

그대 외로운가
그대가 와
내 곁에 같이 서면 숲이다

등

돌리지 마라
힘들 땐 그대가 희망이다

이 세상 무거운 짐
그대에 걸려 정의로운데
세상은
결코, 그대를 짊어지지 않는다

돌리지 마라
배신의 종기가 툭툭 불거져
진 붉은 고름이 흘러도
반듯이만 누이면
그대의 터전엔
한사코 새살이 돋을 것이니

사랑의 영험은
주검까지도 떠받치는

벽

지나온 과거에 기대니
나는 없고 대못만 뾰족뾰족 박혀 있다
붉은 벽돌의 원성을 사기 전엔
집념처럼 강한 콘크리트로
아집을 짓기도 했던

나의 진정성이 물러지고 있다

이대로라면
이대로라면 바람이 밀어도 넘어질 것이다
한 생을 세우던
뿌리마저 흔들릴 것이다

샌드위치 판넬에서
스티로폼까지
이제는 물컹해져

바로 세울 수 있는 건

오로지
나의 믿음뿐

가문비나무만큼
비의 성질을 읽지 못해
비가 내리는 날엔
언제나 그대 밖에 서 있었다

옹호를 바라진 않지만

지킬 수 있는 믿음에게
하루에 두어 번
태양은
확신의 그림을 그려주고 간다

선술집에서

작은 희망마저 동이 나는
안개 낀 저녁이면
김을 쫓아 모락모락 모여든다

빈곤의 책임을 묻고 싶어서가 아니다
그저 나눌 잔(盞) 속에 묻고 싶어서다
별 하나면 충분하다
바라볼 수 있는 건
바람에는 염분이 섞여 짭짤하니
안주(按酒)에 안주(安住)하지 않는다

묵은 노래를 부르거나
푸른 시 한 구절

목줄에 걸린 삶의 한 토막을 끌고 가는 동력이다
엔진은 자꾸만 녹슬고
벨트의 긴장은 뫼비우스에게 맡겼는데
아직도 헛도는지
아무런 연락이 오지 않는다

횡설수설 박자 하나씩 놓칠 때마다
창밖엔 별이 하나씩 떨어지고
부끄러운지
꼬치에 꽂힌 가치관이 홱. 홱. 돌아눕는다

머무르고 싶은 곳
낙원이라 칭한 지 꽤 오래되었지만
아직까지
언덕에 올라간 사람은 아무도 없다

한 병이 한 병에게
쓰러지지 말자고 밀담의 휘파람을 불어온다

손맛의 이력

저 감
발갛게 익기까지
몇 굽이를 돌았는지
젖은 이마에서 단내가 난다

어머니,
오늘 밤은
당신의 감으로
익숙한 손놀림의 춤을 추어도 좋겠습니다

감을 얻기 위해서
그렇게도 많이 들은
꾸중의 꾸러미가 불에 타 재가 되고
그 재가 다시 잿물은 되어
얼룩진 빨래가 하얀 얼굴을 드러냅니다

익숙해지는 건

대충이 대중이 되기까지
그 많은 재량을 계량하고
실수와 실패로
자신만의 아성을 쌓아가는 것

눈여겨보아라

떫은맛이 단맛을 내기까지
태양은
몇 숟가락의 조미료를 넣는지
바람은 또
몇 아궁이의 불을 붙이는지

와불

얼마나 아득했으면 제 몸을 뉘였을까

왜 밤이 있는가를 아는 일
제 몸 하나 뉘여 밤마다 부처가 되는 일
스스로 물음이 되어 밤하늘 별을 세어보는 일

밤마다 나는
몸을 뉘어 부처가 되는 꿈을 꾸지만
부처가 되지 못하는 것은
내 안에 새기지 못한 무거운 돌 하나 있기 때문이다
파고 또 파도
바람이 일지 않아
세는 별들이 풍경이 되지 못하기 때문이다

아득한 것에는 다 까닭이 있다

와불이 와불로 누워 있는 것은
그의 하늘이 얼마나 아득한지 알고 있는 까닭일 것이다

수없이, 사람들은 부처의 길을 따라 떠났지만
아직도
제 몸을 누이고 있는 것은
밤하늘 별을 다 세지 못한 까닭일 것이다

오늘 밤도 와불은
제 몸을 세우려 별을 센다
하나, 둘, 셋, 넷…
천 불 천 탑이
혹시나 그분이 기침할까
바람의 소리에 귀를 엿댄다

내가 그대에게 아득하여
오늘 밤도 별이 뜬다

오늘도 오발탄을 장전한다

최대한 우리는 남에게 적이 되어야 한다

적중할 것이라는 데에만 심혈을 기울인 탓에 벗어나리라는
예상의 실탄은 남의 타깃에 가서 박히니
참, 신기했다
눈이 아파 와야 하는데 귓불이 먼저 붉어 왔으니
대뜸, 호루라기는 제 영역을 벗어난 것에 대한 불만인지
사정없이 폭발했다
한 번의 실수에도 영원히 남는 게 기록이었다
오발?
그래, 그래도 아직 네 발 남았잖아
꿈꾸지 않는 세계는 아직 취침 중일 거야
슬며시 한 발을 꺼낸다
선잠을 깨웠지만, 목표는 뚜렷하다
새로운 각오에는 폭약을 더 많이 장착하여 그의 신기는
자랑할 만할 것이다
어깨너머 어제의 실수가 과녁이 되어 뚜렷하다
적이 아니면 맞히지 못할
그런데, 어쩌랴

방아쇠를 당기니 또, 오발이다
한 발의 기억이 기꺼이 세 발을 또, 묶어버렸다

친절의 본보기로 또 한 발을 쏜다

기습의 경우엔 최소한의 적이 되기로 해본다
적절한 낱말들을 사전에서 찾는다
꿈이 위대한 건 소화시킬 수 있는 위장을 가져서 일 것이다
그러나
냉엄한 판단은 갑질의 상인 듯 결국 또 엎어버렸다

나의 아내들이여
내가 맞혀야 할 목표물은 날마다 신비의 옷을 입고 신부로
나타난다
내가 허덕이는 이유가 바로 여기에 있다
엄숙하게 내가 그대들의 신랑이 되지 못하기 때문에

특유의 화약 냄새가
코끝에서 또 역정을 낸다, 버럭

고목

어떤 무리수가 주어져도 다 소화시키며
오로지
자신에게 의지하는 법 세웠다
언제까지 파란 글씨로 써 내려갈 것만 같던
문장은
퇴색된 부호들로 끝을 맺지 못하고
비둘기 날개로 내려앉는다
산다는 건
서서히 고목이 되어 가는 길
그 길을 따라 그림자가 되어 가는 과정
연약한 가지들은 바람을 맞고
하루의 입새들은 날품의 햇빛을 실어 날랐다
어레미를 빠져나간 시간만큼
기다리다 누군가는 떠나가고
또 누군가는 기다림에 목은 굳고
가을 고목 앞에 서면
문득
그리운 사람 하나, 둘, 붉은 빛으로 지고
나도 따라 고목이 된다

별에게

이별의 아름다움은
눈물을 흘리지 않는 게라지

빛의 소리를 들었는가
그럼, 그대는 이별의 그림자를 본 것이다
어디, 맑은 날만 있겠는가
정작 어두운 날에야
서로는 서로에게 희망으로 빛나니

이별하지 마라

밤하늘 혜성도
이별하는 제 모습에 놀라서 질주한다

조팝나무꽃

여릴수록
더 많이 노력해야 한다고
작은 바람에도
흔들리는 법을 배운다

낭창낭창
허리를 감아 도는
세상 풍문에
올곧게 서려는가

기일게
손을 뻗어 하늘을 끈다

제비꽃

작은 뜰 안에도
대궐을 들어앉힐 자리는
비어 있다고
함빡 웃는 것 좀 보소

세상을 조율하는 것은
아주
작은 이치라며

그 어떤
신분의 사람도
엎드려야만 받을 수 있는
저 명징한 하사

봄볕에, 우리

그래요, 우리
엇대고 있던 서로의 생각들
자박자박 걸어 나오는 저 새싹들처럼
터놓고 얘기해 봐요
밝은 조명에 잠시 어리둥절하겠지만
곧 익숙해질 거예요
보세요
톡톡, 터지는 이 말문
겨우내 움츠려
얼마나 저리고 아팠겠어요
이제는
아무 걱정 말아요
어둡던 그대의 생각에
꽃단장을 시켰으니
그 어떤 나빈들
절로 찾아들지 않겠어요

봄볕에 우리
말씨를 말리고 화장을 시키면
향기는 사람들을 끌어들일 거예요

4부

타인의 이름

가마와 장작

네 안에서
나는 탄다
바람 일어만 주면
후끈 달아 더더욱 잘 탄다
활활 붙기 시작하면
모든 문 닫아
가마 속에서만 이글거리는
저 불꽃
재 되어 사그라지기 전에는
무엇으로든 끌 수 없다
내 소박한 꿈도
얼마간 그렇게 타리라

아, 얼마나 멋진 황홀인가
타고 타며 재가 되어 가는
저 잉걸불을 보아가는
이 영광의 순간은

변증법

꽃은
제 딴엔 성공했다고
어디서나
벙긋벙긋 자랑을 늘어놓는데
이름부터 촌스럽다고
스스로 자책하지 마라
내 것이라
내 맘대로 자르지 못하는 게 숨줄이니
밟히고 밟혀도
다시 일어나야만 하는 숙명인 것을
네 감히 어찌 하겠느냐
잘 가꿔진 꽃은
향기를 내세워 세상을 우롱하다가도
금세 시들고 말 것을
보아라
굳이 가꾸지 않아도 그 꽃 사랑하여
품에 안아주는 너의 아량을
꽃은 사랑만을 먹고 살지만
미움까지 얻어먹고 사니
네 어찌 아침 햇살에 영롱하게 비치지 않겠느냐

자작나무

참 용감한 해명이다

제 뜻을 펴느라
오로지
올곧게 키를 세워
하늘을 우러러 두 팔을 벌리는…

삶이 삶을 눌러 올 때
이기는
한 방법은

그 삶을
추켜 세워 주는 것이다

라면

그대
진 응어리
다 풀어놓을 때까지
나의 냄비에
불을 지펴 끓이리라

길, 아닌 길

한 길 걸어
또 한 길 얻으니
그 한 길이
이어져 끝이 없다

우리는
언제부터 남남이었든가
하루의 불길을 지피는
그대
늠름하여
두 다리는 우둑한데

오롯이
그대가 남이라면
우리가 남이라면
아픔도 이름 하여
제 울음 울지 못해
성에로 하루는 가득 찰 터인데

긁어서

상처를 내야만 앞이 보이는
저 잔혹한 만상 앞에
어쩌다가 우리는
마주치는 당신은 되어서야
으뜸을 준다고
내가 으뜸이 아닌데
어찌
대뜸 그 위에 설 수 있겠는가
침몰하는 것들은
그 주변까지 저리도 어지러운데

낯익은 어제보다
낯설은 내일을 다오
무딘 감각으로는
살얼음의 예리함을 감지하지 못해
모든 길
뜸을 들이고만 있어

한 길 먼저 걷지 않고
다른 한 길 얻으려니
그 한 길
끊어져 일어나지 않는다

계획을 지우다

늘 이맘때면 계획을 세운다
무려 오십 수 년
그런데도
제대로 완성해 본 적 없다
단 한 번 있긴 있다
담배를 끊은 것, 그것도 세 번 만에
계획이 계획만으로 끝났을 때
빠져나간 변명은
어쩌면 즐거워 춤을 추었으리라
그렇게
오차의 범위를 벗어나면
우리는 타인
남이라서 더 자유로운 사이
선 하나 긋는 그대에게
나는
점 하나 지우는 바보가 되고 싶었는지도
이제는
명예와 돈보다 안락을 세우고 싶어
밥 대신 눈물을 퍼주며
느슨해진 시계태엽을 감는다

행복

네게도 내게도
숨어있어
찾는 사람이 주인이다

파지와 할머니

버림받은 몰골로
버려진 품격을 줍고 있다
최고의 내용을 품어 안던 포장이었는데
겨우 kg으로 값을 매기는
가장 허름한 신세로 둔갑한 데는
탄소동화작용이 큰 몫을 했으리라
허리를 펴 봐도 어깨를 우줄거려 봐도
바람은 언제 다 빠졌는지
일체의 요동도 없다
파지에도 온기가 있어서일까
날은 이리도 매서운데
저 할머니
눈가에 핀 매화가 온화하다

달관은 최후의 순간에도 생명을 불어넣는 것이리라
저 할머니
그동안 너무도 많이 걸은 탓에
삐걱거리는 다리로
버려진 것들의 명줄을 밀어 가고 있다

눈물

독해지면 눈물도 마른다
탓하지 마라
가장 자신스러울 때
눈물은 저절로 나는 것을
보람은
언제나 꽤나 뒤에 따라와
따사로운 햇빛과
부드러운 바람만을 기대한다면
그대는
아직
제대로 계절을 읽지 못한 탓이리라
절박한 다음에야
상처를 꿰맨 자국에도
저 스스로
꽃을 피워 올리니
그대로 머금지 말고 쏟아라

눈물은
최고의 자양분이다

생긴 대로

이렇게 생겨 먹었는데
뭘 어떡하겠어?

눈, 코, 입, 귀, 다 있고

두 손, 두 발, 사지는 멀쩡해
뜯어보니
그런대로 괜찮은데

트집은
왜
지독히도 감추고 싶은 부분만 꼬집을까?

어째서?

뭐가 어째서?

세상은
타령 속에
시간을 못 쫓아 저 안달일까?

사랑하니까

가족만큼 예쁜 꽃 어딨는가
사랑이 익으면
절대로 시들지 않는
꾀죄죄 눈곱 좀 끼면 어떤가
내가 좋은데
어찌
벙긋 웃지 않겠는가
사랑하자
내가 주고 네가 받고
네가 주고 내가 받으면
굳이
사랑은
돌아서 먼 길 가지 않아도 될 테니

타인의 이름

내 가슴에 눈물을 엇대지 마오
짐작조차 버거운데
나는 무슨 연유로
따뜻한 그대 향기를 그리는지
조금만 정갈하게
그대 이름에 걸맞았다면
촘촘한 내 이빨로
영혼의
사과는 깨물진 않았을 텐데
주저하던 내 사랑
떨어져
저 길 방황하진 않았을 텐데
이젠 비가 내려도
어차피 우린 타인
내 가슴에 눈물을 엇대지 마오
기억은 낡아 제 숨을 거둬도
습한 그대 눈물로 녹슬겐 마오

그림자

빛은
조용한 틈을 타 이동한다
멀리 또 멀리
전혀 눈치를 채지 못한
그대는
생각의 동공을 키웠는지
그때마다
반사의 각을 높였었다
그대가
길동무 되어
참 먼 길 잘 걸어왔지만
유독
불면의 밤만은 외면해
시련을 이겨낼 수 있는 기회를 줘
그때가
내 생애 최고로 밝았었다

바람의 집

비롯되는 것들은
저만의 특색을 지니고 있다
울적해서만이 아니다
오래된 추억을 찾는 건
종로 3가 청춘 1번지
조그만 지하 가득
들어앉은 저 엘피판들
제 이름에 걸맞은
산화하던 기억의 역사에 절여 있다
먼지를 털면 훨훨, 날으는 바람의 잔재들
제 소름에 솟아
몇 옥타브를 타고 오르다
떨어진다, 매캐하다
찻잔 대신 술잔이 더 어울리는
오늘 밤 탁상엔
그대가 주섬주섬 챙기다 만
하이얀 이야기들 소복소복
바람의 춤에 흠뻑 젖어도 좋으련

휘휘 골뱅이 소면을 젖는 손길이 분주하다

함박눈

그대
참으로 맹랑하다

길이란 길 다 막아놓고
나보고 어쩌라고
이토록 몸부림치며
갈필로 갈겨 대는가

플라타너스와 신호등

한 공간의 어색함이 바스락거리고
객기 부리듯
나는 신호를 죽이며 걷는데
겨울을 붙들고 있는 저 잎새들
천사처럼 떨어지는 별들을
제 치마폭으로 받아주고 있다
가라면 가고
서라고 하면, 서고
돌아가라 하면 막혔던 길이 뚫리고
뚫렸던 길이 막히고
아, 나는 왜 그때
네 곁으로 돌아가지 못했을까?
네가 아직껏 놓지 못하는
팔랑팔랑 그 깊은 날들의 이야기
나는 왜
광합성으로 만들어 매달리지 못하고
앞으로만 갔을까?

잠시만이라도 생각해보라는 듯
신호는 바뀌어 노란 불이다

기억의 단면도

길을 끌고 온 사람들
이제 할 일을 모두 소진해
근엄한 오후
종묘 앞 공원에서 바둑을 두며
탁, 탁, 심신을 토로하고 있다
몇 알을 세고 또 세어도
더 이상의 길은 막혀
승부조차 무료해 하품하는데
미생의 집을 짓기 위해
길을 찾아 헤맸을
저 곱슬곱슬한 행보는
호구에 걸려 축에 몰려
얼마나 많은 묘수를 찾아내려 끙끙댔을까

마지막 단 한 점을 놓지 못해 무너지는 아픔
끄트머리 그 넋을 달랠
묘수는
또 어떻게 찾아내려 하는 걸까

길

묵묵히
우리의 바다에
가 닿을 때까지
그저 그렇게 묵묵히

자물통

무겁고 가벼운 물건쯤이야
힘 조절이면 되지만
내 마음 속 언어는
아무리 야무지게 닫아도
뜬금없이
후다닥 달아나버리니
자물통을 채울 수밖에

나는
열쇠도 비밀번호도 없이
쉽게 여닫을 수 있는
자물통 하나
오늘도

내 안에 잘 작동하고 있나
습관으로 묻는다

연

수원화성
성 외곽을 따라 걷는데
가오리연 하나
소나무 가지에 걸려
꼬리를 흔들고 있다

뱅뱅 돌다 가던 길 잃었으리라

고집스레
이상의 길 찾는다며
이리 오래도록 걸었는데
어떻게
그리 가장자리만 돌았는지

아직도 가시잖은
연 하나
그 끈을 놓지 못해 바람을 타며
저 언덕 위에서
제 길을 돌고 있다

펄

강인하다고
힘에만 의존하지 마라

맨 나중까지 지켜내는 건
속속들이 빈틈없는
저 부드러움이니

소나기

잠깐
그게 다다
그런데도
난 흠뻑 너에게 녹았다
이렇게 세상은 아파
참 많을 말을 할 줄 알았는데
역시
너는 강심장이었다
찔찔대지 말고
아프니까 그냥 펑펑 울어라
단 그 한 마디
네가 옳았다
아,
눈 떠 보니
말끔히 나의 세상은 씻겨
파란 대문을 열고 있었다

삼강주막에서

꼬박 걸려도
끝나지 않는 물길은
다시 돌아오고 싶은 그 순간을
기억하려는 걸까
장마를 걸러내도
예측할 수 없는 기간 동안
제 울음을 깨워 흐른다
언젠가는 잊혀질 일이라도 건너야만 하는
절절한 심정 앞에 다리를 펴면
야박한 물길도
제 머리를 박아 길을 열어주던
삼강나루
어설픈 주모의
탁배기 한 잔의 애달픈 간청에
과거길도 장삿길도
무사통과의 염원을 흘러내린다

회룡포에서

봄을 잃은 사람들
봄을 잃어가는 사람들
풀어헤친 오월의 물빛에
제 이름을 쓰고 있다
말리서 보면 멀리 서 있는 사람들
가까이서 보면 가까이에 서 있는 사람들
서로가 하나 되는 물길은 굽어
용오름의 함성으로
각각 제 길을 놓고 있다
삼백 리를 달려왔다든가
칠백 리를 달려갈 것이라든가
가고 또 남을 사람들
푸른 물에 젖어
휘감는 제 이름을
잃을라 잃을라 휘갈겨 쓰고 있다

영지꽃

어머님 뉘시고
잔디이불 덮어드렸더니
꽃 사월
새 세상 열렸나 궁금하여 오셨을까
환하게 머금네

흰젖제비꽃

젖살 통통 오른 아가야
어정쩡한 너의 걸음마로도
모두의 웃음꽃은 피우노니
영광은 또
무슨 재주로 너의 꿈을 꺾으려 들겠나
나직이 들리는 대지의 음성
깨어나는 건 다 마찬가지라며 헛기침 한 번 오지게들 하지만
그렇게 또
얄팍한 게 바람의 몫이 아니라고
저 꽃대 흔들어 흔들어 심지를 세운다

빵긋빵긋
네 웃음 속에서나 찾아내는
우리의 희망이
이토록 영롱하여 우둑한데
아가야, 젖살 통통 오른 아가야
너의
그 앙증맞은 주먹 속 세상을 맘껏 펼쳐보려무나

보리의 꿈

그대
얼마나 험한 고개를 넘어보았나요?
떨어진 한 톨의 이삭으로나마
주린 배를 채우던
그 보릿대로
밥상을 만들어 이렇게 거나하게 차렸는데
설움은
또 더 나은 미래의 발판이라고
보리피리 슬피 불던
그 역겨운 사내의 구레나룻이
이제 와 버젓이 예술이 되었는데
굶어 본 사람이 배고픈 사랑을 아는 까닭인지
제풀에 섬섬히 풀어내는 저 연약한 심성
이제는 배부른 오후의 후식도 마다하지요

화성시 공예 문화관 보릿대로 만든 공예품들이
꿈으로 익어
고픈 정서의 사랑을
소복소복 담아내고 있다

큰개불알풀꽃

예기치 않은 일은
생판 엉뚱한 곳에서 불거지던걸

별것도 아닌 생뚱맞은 소문에
큰일 났다고
제풀에 놀란 저 큰개불알풀꽃
어찌할 바를 몰라
방방 뛰며
불알에서 방울 소리 나도록 싸댄다
그런다고
얼마나 잠재울 수 있겠는가만
아니 땐 굴뚝에도 연기가 나는 세상이라

뒤늦게나마
조신해야만 한다고

가슴은 항상 크게 풀어헤치고
주의를 기울여
바람 잔잔한 날에도 제 목소리를 낮춘다

염원

쪼아서
그리움을 삭일 수만 있다면
세월을 쪼아
그대에게 가는
징검다리를 놓겠소

묵호등대

김종웅 지음

발행처 · 도서출판 **청어**
발행인 · 이영철
영 업 · 이동호
홍 보 · 천성래
기 획 · 남기환
편 집 · 방세화
디자인 · 이수빈 | 김영은
제작이사 · 공병한
인 쇄 · 두리터

등 록 · 1999년 5월 3일
(제321-3210000251001999000063호)

1판 1쇄 발행 · 2022년 3월 20일

주소 · 서울특별시 서초구 남부순환로 364길 8-15 동일빌딩 2층
대표전화 · 02-586-0477
팩시밀리 · 0303-0942-0478

홈페이지 · www.chungeobook.com
E-mail · ppi20@hanmail.net
ISBN · 979-11-6855-023-0(03810)

본 시집의 구성 및 맞춤법, 띄어쓰기는 작가의 의도에 따랐습니다.

이 책은 2021년 하반기 한국예술인복지재단 창작지원금 수혜로 제작되었습니다.